KB264552

활, 그 치명적인 유혹

정희동 시집

반달뜨는꽃섬

활, 그 치명적인 유혹

서문

대학에서 항해학을 전공하고 평생을 IT 산업계에서 밥벌이를 하면서 살아온 제가 생뚱맞게 시를 한번 써 보아야겠다고 마음먹게 된 계기는 '국궁(國弓: 우리나라의 활, 또는 그 활을 쏘는 기술)'에 있습니다.

2013년에 처음으로 '국궁교실'에서 활 공부를 시작했는데, 수업 중 사용하는 용어에 순우리말이 매우 많다는 것을 알게 되면서 점점 더 그 용어의 의미에 빠져들었습니다. 말이 나왔으니 대충 한번 읊어 보면, 범아귀를 필두로 죽머리, 중구미, 불그름, 가슴통, 줌손, 등힘 등 너무도 낯설지만 활쏘기를 함에 있어 매우 주요한 신체의 일부가 고스란히 순우리말이라는 게 너무 신기했습니다. 실은 활에 신체에 대한 순우리말이 있는 것이 아니라, 순우리말이 가장 많이 남아 있는 분야가 활이 아닌가 하는 생각도 해보았습니다.

또 활쏘기는 다소 정적인 운동으로 보이나 정작 활을 내는 행위에 있어서는 신체는 물론이고 오장육부까지 맹렬하게 반응하는 동적인 운동임을 깨달으면서 시상이 떠오르는 듯했습니다. 활쏘기가 우리 민족 고유의 무술이라는 점에서 그와 관련된 수많은 고사는 물론이고 동호인만이 느낄 수 있는 공통된 감성을 깨우다 보면 어느덧 한 편의 시가 완성되는 경우가 많았습니다. 또 멍때리다가도 불현듯 머릿속에서 화살이 스치듯 시어가 지나가 저 멀리 달아나기 전에 스마트폰 메모장이나 수첩에 얼른 적어 둔 경우도 많습니다. 재밌는 것은, 시를 써야겠다고 마음먹으면 좀처럼 완성되지 않다가도 순간적인 감성이 쏜살처럼 지나갈 때 그 느낌을 잡아 씨줄과 날줄을 끼워 맞추듯 하면 신기하게 한 편의 시가 완성되는 경우가 훨씬 많았습니다. 활을 배우기 전 40여 년 동안 시를 써 본 적도 없는데, 활을 배우고 난 후 쓴 작품(?)이 어느덧 100편이 넘어 버렸습니다.

어쩌면 누군가 국궁과 관련된 용어를 붙들고 먼저 시를 쓰기 전에 미리 선점해서 얼른 다 써 버려야겠다는 욕심이 있었는지도 모르겠습니다. 한편 시를 쓰게 된 이유는 내가 세상을 바꾸거나 변화를 일으킬 수는 없지만 적어도 선한 영향력은 품고 살아야겠다는 개인적인 신념 때문이었습니다. 처음에는 활과 자연에 대한 시를 주로 쓰다가 어느 때부터인가 사람에 대한 이야기가 많아졌습니다. 결국 세상은 이미 신께서 창조하신 자연 속에서 인간의 활동이 빚 어내는 변화무쌍한 힘에 의해 굴러간다고 볼 때, 사람의 이야기는 자연의 이야기 만큼 중요하다는 사실을 깨달았기 때문입니다. 그래 서인지 사람에 대해 쓰다 보면 긍정적이고 교훈적인 이야기, 감동 적인 이야기가 주를 이루었습니다.

모든 작가가 그러하듯이 매우 마음에 흡족한 작품이 있는가 하 면 스스로 생각해도 어느 수준에 미치지 못하는 졸작이 있었습니 다. 하지만 신기하게도 어느 하나 마음이 더 가거나 덜 가는 것이 없는 것을 보면 창작하는 사람들이 공통으로 가지는 일종의 장인 의식 같은 것이 생긴 듯합니다.

습작이든 완성작이든 가끔씩 국궁 밴드에 올려 감성을 공유한 것은 말 그대로 선한 영향력을 실천하기 위함이었는데, 다행히도 많은 도반들께서 공감하고 격려해 주셔서 새로운 창작 활동에 동력이 되기도 했습니다.

일반인이 시를 써서 출판한다는 것은 예사로운 일이 아님에 분명합니다. 하지만 아마추어 작가로 저만의 감성을 담아냈다는데 그 의미를 두고 싶습니다.

이 시간에도 전국의 활터에서 묵묵히 심신 단련과 자기 수양을 위해 활을 내는 모든 한량들이 이 시집을 읽으며 빙긋 웃고 공감할 수 있기를 바라 봅니다.

목차

3부 사자성어

4부 활과 인생 그리고 사랑

6부 우리 활 · 활쏘기 · 활과 시

1부

황학정과 활터의 사계

황학정의 봄

활터의 봄볕 아래에서는
살 튀어나가는 것보다
꽃망울이 더 빨리 터진다.

샛노란 개나리꽃, 연분홍 철쭉꽃.
덩치 큰 목련은 뒤질세라
일제히 꽃망울을 곧추세운다.

황학정(黃鶴亭) 안중(眼中)에 선 온깍지 활꾼은
고자채기로 활대를 비스듬히 제끼고
풀어 헤친 깍지손이 넉넉하다.

겹처마 너른 팔작지붕 황학정에 가면
쏟아지는 봄 햇살 같은 활꾼들의 열정으로
설자리조차 비좁다.

우물마루 아래 정겨운 댓돌 삼형제.
봄 햇볕에 잘 구워져서 그런지
오늘따라 그 낯빛이 예사롭지가 않구나!

* 온깍지: 국궁의 전통 사법에서 깍지손을 시원하게 펼쳐 쏘는 동작을 말한
다.
* 설자리: '사대(射臺)'라고도 하며 활을 쏠 때 서는 자리.
* 고자채기: 발시(發矢)하는 과정에서 깍지손의 탄성으로 활이 비스듬히 제
껴지는 현상.

활꾼 최고의 사진작가인 황학정 박하식 접장님께서 봄볕 가득한 황학정 풍경을 페이스북에 올
려 주셨습니다. 언제나 접장님 사진의 광팬인 저는 사진을 사용해도 좋다는 허락을 예전에 받
았기 때문에 사진에서 영감을 얻어 글을 하나 써 보았습니다. 활터의 봄볕에 취해 쓴 시입니다.
활터에 가 봐야겠습니다.

황학정의 여름

더위가 한창이라
달구어진 설자리엔
활꾼의 열정도 바짝 말라 있다.

불볕에 익어 버린 감투바위는
예사로운 듯 눈 하나 깜빡이지 않아
모든 것이 멈춘 섬 풍경을 닮았다.

그 와중에 만개한 능소화가
슬그머니 목책을 넘어
이리 기웃 저리 기웃.

개자리에 시들어 버린 풍기(風旗)도
붕어죽에 활병 난 마냥
가는바람에 삐죽거리고 있다.

산자락을 따라 늘어선 골짜기가
활터의 열감(熱疳)을 죄다 끌어안아
게으른 여름 한나절이 지나간다.

* 개자리: 과녁 앞에 웅덩이 등을 파고 사람이 들어앉아서 살의 적중 여부를 확인하는 장소.
* 붕어죽: 중구미가 젖혀진 죽.
* 풍기(風旗): 바람의 방향을 측정하기 위하여 풍기죽에 매단 긴 헝겊.

황학정의 가을

아무 때고 황학정에 가면
과거와 현재가 층층이 쌓여 있다.

우두커니 서 있는 과녁 삼형제 너머
병풍 같은 마천루가 버티고

감투바위 아래 젖은 풀잎 사이로
돋보이는 꽃무릇에 윤이 난다.

활꾼의 시위가 차오르고
살이 한 배를 얻을 즈음

시수꾼의 옅은 미소가
과녁을 향해 번진다.

사우회관 유리창 속에
벌써 가을 활터가 걸려 있다.

* 마천루: 과밀한 도시에서 토지의 고도 이용이라는 측면에서 만들어진 고층 건물로 주로 사무실로 쓰인다.

* 시수꾼: 일획(一劃) 50시(矢)에서 30시이상 맞추는 사람.

* 한 배: 화살이 제턱에 가는 것, 즉 좌우 측의 편차와는 관계없이 과녁이 서 있는 곳까지 화살이 가는 것.

가을 하늘 아래 활터의 풍경을 묘사한 시입니다. 황학정 사우회관(射友會館)에 서 있는 필자를 기점으로 원경에서부터 점점 시각이 근경(마천루→과녁→감투바위→설자리→사우회관)으로 옮겨집니다.

황학정의 겨울

살 에는 추위에 옴짝달싹
사색(死色)이 되어 버린 과녁 위로
밤새 살포시 내린 눈이
켜켜이 이불솜을 덮었네.

온몸을 싸고 매고
호호 손을 불면서
한 배 가득 당기고 놓으니
순간 멈춰 버린 영원(永遠).

촉바람에 오색바람에
설쏜 살이 간신히 굽통 쑤시니
소스라치게 놀란 과녁.
속절없이 이불솜만 주저앉는다.

설자리 위 언발 줌통 잡은 곱은 손
이마 바로 선 높바람
목덜미를 파고드는 동장군의 엄포를 피해
급히 사우회관 속으로 몸을 숨긴다.

황학정의 겨울

* 굽통 쑤시다: 화살이 과녁을 버티고 있는 두 나무 기둥 사이의 바닥에 맞다.

* 촉바람: 안 바람. 과녁에서 사대로 부는 바람으로, 촉바람이란 말은 근래에 붙여졌다.

* 설쏜다: '꽉쏘다'의 반대로 어설프게 쏘는 것을 말하며, 이 쏨새는 바람의 영향을 많이 받는다.

눈이 많이 내리는 날 새벽에 활터에 가면 밤새 쌓인 눈이 솜이불처럼 널려 있습니다. 새벽 습사의 첫 화살에 홍심을 드러내는 놀이를 '눈털기'라고 합니다. 신사 때 사범님과 함께 '눈털기'에 나섰던 그 열정을 되찾고 싶습니다.

봄 활터의 꽃이 전하는 말
— 황학정 제42대 장동렬 사두 취임을 기념하며

더 이상 살 에는 추위는 없을 거라며
풍성한 여러 겹의 옥매화를 보내왔다.

노란 손수건을 펼친 이른 봄의 감격
개나리가 먼저 도착했다.

겨우내 얼었던 물이 기어이 타고 올라
애틋한 사랑을 피운 산수유.

햐얀색으로 꽃잎을 물들인 고귀한 목련은
떨어지자마자 붉은 멍이 들었다.

손도 닿지 않는 바위틈에 핀 영산홍
너는 볼 때마다 마음이 설렌다.

황학정 1

겹처마 너른 팔작지붕은
인향(人香)을 담아내고

사분합문은 접어서 걷어 올려
서까래 밑 들쇠에 걸어라!

촘촘한 우물마루야!
관심(關心)을 흘리지 마라.

어명(御命)이다!
기둥을 이고 선 장초석아!
꼼짝 말고 서 있거라!

담장을 따라 핀 능소화야!
너라도 속절없인 지지 마라.

반상(班常)의 시대는 이미 저물었고
전설 속의 황학(黃鶴)도 가고
이름 드높던 오사정마저 사라졌건만

어명으로 세운 사정(射亭)이라
정(亭)을 향해 길이 넙죽 엎드리고 있다.

* 겹처마: 처마 끝의 서까래 위에 짧은 서까래를 잇대어 달아낸 처마.

* 사분합문(四分閤門): 문짝이 넷으로 되어 열리고 닫히는 문.

* 들쇠: 한옥의 대청과 방 사이 또는 대청 앞쪽에 다는 네 쪽 문인 분합을 처마나 천장에 들어 올려 고정하는 갈고리쇠로 달쇠, 등자쇠, 분합 들쇠라고도 한다.

* 우물마루: 짧은 널을 가로로, 긴 널을 세로로 놓아 우물 정(井) 자 모양으로 짰다 하여 우물마루 또는 귀틀마루라고 한다. 우물마루는 사계절이 뚜렷하여 습도와 온도 변화가 심한 우리나라 기후에 알맞은 마루 형태이다.

* 장초석(長礎石): 다락집이나 정자(亭子) 따위에서 높이 세운 주춧돌.

* 오사정(五射亭): 도성 안 서쪽에 세워진 다섯 개의 활터에 자리한 정자로 옥동의 등룡정, 삼청동의 운룡정, 사직동의 대송정, 누상동의 풍소정, 필운동의 등과정이 그것이다.

황학정 2

묵직한 용마루에 기대
비스듬히 누워 잠이 든 기와

한껏 솟아오른 처마끝은
여인의 날렵한 눈 화장을 닮았다.

겹겹이 둘러쳐진 서까래는
하얀 물방울무늬로 흩뿌려지고

겹처마 밑 들쇠에 걸려
날개를 단 듯한 사분합문

팔작지붕 떠받친 기둥과
그 기둥을 이고 선 장초석

어쩜 이리 단아할꼬?

시선을 한옥의 상단인 용마루에서부터 겹처마 그리고 서까래, 제일 하단에 있는 장초석에 이르기까지 황학정이 품고 있는 한옥의 아름다움을 표현해 보았습니다. 등정할 때마다 항상 느끼지만 건물이 가진 비례와 균형감, 직선과 곡선이 어우러진 한옥의 품격을 그대로 간직한 황학정은 그 자체로 하나의 예술품입니다.

신 황학정 팔경

인왕(仁王)의 기슭에 뿌리를 내린
겹처마 너른 팔작지붕.

태곳적 흘렀던 용암이 식어
구비구비 암릉(巖陵)을 이루고

모과 향 배어 있는 두릅 군락에
비스듬히 기댄 정겨운 계단길.

무겁을 내려보는 마천루가
유리창 속에 들어 있다.

맵시를 뽐내며 다툼을 이어 가는
두 그루 목련 그늘 아래.

만년을 웅크린 감투바위를
비집고 드러누워 버린 와송.

목책을 따라 기웃거리며
사람을 기다리는 양반꽃(능소화).

수백 년 푸른 하늘에 수놓은
활꾼들의 셀 수 없는 살찌.

* 무겁: 개자리와 같은 말.
* 살찌: 살이 날아가는 맵시.

황학정 뒷편 약수터에 암각된 황학정 팔경은 당시 사원으로 추정되는 금암 손완근이라는 분이 쓴 시입니다. 황학정의 아름다운 풍광을 소상팔경을 본따서 지었다는 설이 있는데, 황학정에서 다소 거리가 있는 거시적인 풍광을 노래했다고 해서 비판적인 평도 있으나 어디까지나 시인의 눈에는 그리 보일 수도 있겠다는 생각도 듭니다. 필자는 황학정에서 직접 눈으로 볼 수 있는 여덟 가지 경치를 한번 써 봤습니다. 벌써 입사한 지 8년이 다 되어 가네요. 오며 가며 정답던 활터의 풍광을 보지 못해 아쉬운 마음 한가득 입니다. 구청에서 체험장을 만드는 공사를 한다고 하는데, 그나마 한국에 남아 있는 활터 중 조선 시대 활터의 원형을 간직한 이곳의 풍광을 해치지 않았기를 바랍니다. 아무리 설계를 잘한들 결국 자연의 일부를 훼손할 것이 뻔한데 많이 아쉽네요. 정말 중요한 것은 족보에도 없는 체험장이 아니라 활터를 이루고 있는 자연환경과 그 속에서 활 문화를 향유하는 사람인 것을…….

활터의 봄나물

양지바른 설자리에
참쑥이 지천에 널렸구나!
겨우내 차디찬 눈밭을 이고
어찌 살아남았을꼬?

계단 옆 비탈에 기대
새순을 뽐어내는 두릅나무야!
메마르고 척박한 땅에서
어찌 그리 잘 자라느냐?

연전길 좁은 암릉 사이에
뿌리는 마늘 같고
줄기는 파 같은 게
톡 쏘는 달래가 한창이더라.

무겁 옆 너른 들판에
햇살도 받고 쏜 살도 받아
성글게 모여 나더니
온 사방이 냉이 향만 그득하구나.

* 연전길: 무겁에 떨어진 화살을 주우러 다니는 길.

활터에 있는 봄나물을 소재로 하여 시를 써 보았습니다. 시선은 설자리에서 계단 그리고 연전길을 지나 무겁터 옆 공터로 향하는데, 실제로 그 자리에 있는 나물들입니다. 활이 좋아서인지 활터에 자생하는 나물마저 예쁩니다!

활터의 꽃

능청스럽게 목책에 기대
이리 기웃 저리 기웃
황홍색 능소화.

부린 활을 닮은 꽃잎
홍심을 향해 날아든
부챗살 모양의 참나리꽃.

커다란 원추 꽃차례
흐드러지고 몽글거리고
우리 젊은 날의 추억
자주빛 라일락.

하나를 위한 모두
모두를 위한 하나
달걀 모양으로 마주난
탐라 산수국.

너희는 나고 싶어
난 꽃이지만
활터에 핀 꽃이라

참 정겹구나!

* 부린 활: 시위를 풀어 놓은 활.
* 홍심(紅心): 과녁에서 붉은 칠을 한 동그란 부분.

한천각에 앉아서

한 순 내고 숨
돌리며
한천각에 앉아서 화살을 기다린다.
한천각에
앉아
바라보는 목몃산

기둥과 대들보
사이로
박제된 과거와 공존하는
현재가
가감 없이 투영된다.

능선을 따라
불쑥 튀어나온
감투바위와
가파르게 달아나는
샛길
그 길 옆에 걸터앉은
바위 군락

살짝 고개를 들면
마천루와 맞닿은
하늘 아래로
촌스런 과녁
삼형제가
주인인 양 똬리를
틀고
무겁을 차지하고 있다.

* 순(巡): 한 사람이 한 회에 화살 5대를 쏘는 것을 일컫는 말.

* 한천각(閑天閣): 황학정 내에 있는 작은 정자.

* 목멱산(木覓山): 남산의 옛말. 한천각에서 보면 남산이 한눈에 보인다.

* 감투바위: 한천각 앞에 튀어나와 있는 바위.

활 쏘러 가는 길

비 오는 날엔 활 쏘러 가고 싶다.
기왕이면 걸어서 가고 싶다.
시장통을 헤집고 숲길을 건너서
구중심처(九重沈處) 숨어 있는 두루미 활터[黃鶴亭].

발걸음은 아직 종로도서관인데
마음은 이미 과녁에 꽂혀 있다.
오늬가 시위를 먹기도 전에……

활 쏘러 가는 길은 주저함이 없다.
친구 넘 한잔하자는 소리도
거짓부렁 바쁘다고 손사래를 친다.
아무리 바빠도 쏜 살보다 바쁠까?

발 디딤은 아직 설자리인데
눈치는 이미 무겁터를 넘었다.
과녁이 살을 먹기도 전에……

몇 순 쏘고 모른 척
헐레벌떡 달려온 내 얼굴엔
비난의 화살이 박힌다.

햇살이 쏟아지는 날에도
활 쏘러 가고 싶고
바람 부는 날도, 눈 오는 날도……
아니 그냥 맨날 활 쏘러 가고 싶다.

* 오늬: 화살을 시위에 걸어 끼우기 위한 부품.

* 무겁터: 과녁 앞에 웅덩이를 파고 들어앉아 적중 여부를 확인하는 장소.

2부
활터 풍속과 사람들

활병

활병이 도는 활터에
활을 이기려는 바보가 산다.

매일 코박기 하면서
뺏기기만 하는 얼치기.

붕어죽 멍에팔에 흙받기 줌
깍지병에 긴 한숨까지……

성마른 한량이
왈기기 마련.

충빠진 살이
활터에 나부낀다.

시수 날 때 탈나고
탈났을 때 배운단다.

* 코박기: 사거리가 짧아 과녁 바로 앞에 떨어지는 경우를 일컫는 말.

* 뺏기다: 시위를 당기는 힘이 모자라 깍지손이 과녁 쪽으로 밀리는 현상.

* 붕어죽: 중구미가 젖힌 죽.

* 멍에팔: 줌팔이 구부러지는 것.

* 흙받기 줌: 활쏘기에서, 활을 당길 때 손회목을 뒤로 젖혀서 등힘이 고르게 뻗지 못하고 몸의 균형이 깨어져 화살이 제 길로 가지 못하는 자세.

* 성마르다: 도량이 좁고 느긋한 데가 없이 신경질적이다.

* 충빠지는 것: 화살이 떨며 가는 것을 말함.

* 한량(閑良): 일정한 직사(職事)가 없이 놀고먹던 말단 양반 계층.

* 시수: 명중한 화살의 수

집궁
– 2013년 황학정 집궁 10주년을 기념하며

사냥꾼의 가쁜 가래질에
뼐 속 새까만 숨구멍마저
틀어막혔을 때

소스라치게 놀라
살길을 찾는
낙지의 잽싼 몸놀림처럼

연신 일상이 짓누르는
먹먹함을 피해
활터에 몸을 기댔다.

'활'은 말 그대로 나를
펄떡거리게 만들었고
'터'는 멍석을 깔아 주었다.

온새미로 활터에 녹아들었고
놓칠 수 없어
줌통 쥐듯 움켜잡았다.

홍심(紅心)에 이끌려
빠알간 불빛도 보고
촉에 묻어 온 붉은 빛깔에 웃어 본다.

깊고 엄혹한 골짜기에 부는 바람
돌과 나무 그리고 사람
나는 활터의 일부가 되었다.

* 줌(통): 활을 쏠 때 손으로 잡는 활 가운데 부분. 일명 줌통. 쥐다에서 유래.
* 온새미로: 가르거나 쪼개지 않고 생긴 그대로.

납궁

헤지고 닳아서
물 빠진 궁대(弓袋)

살(矢)은 점점 달아지고
촉은 이미 편편해졌다.

활짱을 감싸던
화피마저 벗겨져

시위를 얹어도
예전 같지 않네.

활과 함께한 지난날
시위를 닮아 팽팽했기를……

힘에 부쳐 활을 부리니
이윽고 스르르 눈이 감긴다.

* 납궁(納弓): 활을 배우고 처음 활을 잡는 집궁의 반대말로, 활의 세계에서
벗어나 자연인으로 돌아가는 납궁은 궁시(弓矢) 일체를 사정에 반납한다.
* 궁대: 활쏘기를 하는 한량들이 쓰는 아주 긴 다목적 비단 주머니.
* 달아진 살: 가늘고 무거운 살.

출전

오방기 펄럭거려
무운(武運)이 우거진 활터에

지그시 눈감고 들뜬 숨 고르며
출전의 긴박함을 느껴 본다.

들판을 질주하는 적도 없고
성벽을 기어오르는 적도 없지만

맞추고 말겠다는 본능은
들숨 날숨으로 꿈틀거린다.

빠알간 불빛이 켜지고
자아를 일깨우는 경쾌한 소리.

촉! 소리 내며 연삽하게 날아갈 때
나는 이미 알고 있었다.

우아한 살찌 너머에
무슨 일이 있을지…….

* 오방기(五方旗): 고려. 조선 시대에, 어가 행렬에서 쓰던 의장기 중 하나로, 사신기와 그 의미가 매우 유사하다. 사신기는 청룡, 백호, 주작, 현무 네 마리의 신수를 그린 의장기인데, 오방기는 청색, 백색, 적색, 흑색, 황색의 5개의 방향을 나타내는 기이다. 사신기에서 각 신수가 나타내는 색과 오방기의 색상이 동일하다. 오방기는 말 그대로 동서남북 사방과 중앙을 의미하는 깃발이다. 『훈련도감병법서(訓練圖鑑兵法書)』의 <오방기초선출입표도(五方旗初先出入表圖)>와 어영청, 금위영 병법서의 <입교장열성항오도(入敎場列成行伍圖)>에서 보듯이 과거부터 오방기는 군영에서 각 방위에 맞는 깃발을 높이 걸어 진영을 표시해 왔다. 예로부터 활터는 무과 시험을 준비하는 장소일 뿐만 아니라 군영과 같이 바깥세상과는 별개의 장소로서 무예와 도를 익히며 그 자체의 숭고함을 지켜 왔다

* 연삽하다: 부드럽고 사근사근하다.

활 배웁니다

다른 성질이 엉겨 붙어야
세상에 없던 돌성이 나옵니다.

부린 활을 뒤집어 얹고 옭아매야
극한의 장력이 나옵니다.

발가락으로 움켜쥐고 분문을 조아야
온 힘을 제대로 쓸 수 있습니다.

넘치기 전까지 당기고 멈출 수 있어야
만작에 이를 수 있습니다.

중구미를 엎고 깍지손을 비틀어야
타래선을 타고 힘차게 날아갑니다.

살은 떠났어도 마음은 놓지 않아야
궁극의 경지에 다다릅니다.

활에서 최선의 삶을 배웁니다.

활 배웁니다.

* 돌셩: 탄성(彈性)으로 돌아오려는 성질.

* 복합궁: 우리나라 활 각궁은 뽕나무, 대나무, 쇠뿔, 쇠심줄 등 여러 개의 다양한 재료를 어교(민어부레풀)로 붙인 복합궁이며, 이것이 세계 최대 사거리를 내는 비결이다.

* 분문(糞門): 속된말로 똥구멍.

* 만작(滿酌): 잔에 가득하도록 술을 부음, 또는 그런 술잔. 국궁에서는 활을 가득 당긴 상태.

* 타래선: 강선(腔線) 총포의 내부에 나사 모양으로 판 홈. 탄환이 목표물에 깊이 박히도록 돌면서 나가게 한다.

명궁
　　— 황학정 윤상만, 이민 명궁에게 바치며

옹골찬 발 디딤 탓에
아래로 가라앉은 중심

꽉 찬 설자리에서도
오롯한 몸가짐

온 다온을 모아
살을 멕이고

들어 올리는 양죽이
미쁘다.

그는 몸으로 밀고
마음으로 당긴다.

가득 채웠지만
떨림조차 없다.

그가 날린 살은
살찌가 다르다.

날린 살을 모두
맞추진 못해도

발시 이후 가진 믿음도
절대 긍정이었으리

그의 과녁은
가늠조차 할 수 없다.

* 명궁: 활 잘 쏘기로 이름난 사람을 일컫는 말
* 다온: 좋은 모든 일이 다 오는.

사법팔절(射法八節)이란 활쏘기에서 기본 동작을 8단계로 구분한 체계를 말합니다. 즉 '발 디딤-몸가짐-살 먹이기-들어 올리기-밀며 당기기-만작-발시-잔신' 순이지요. 이 시의 전개 과정은 사법팔절에 따랐습니다.

집궁례

하늘 향한 두 손이
하늘에 아뢰고

땅을 향한 두 눈이
땅에 아뢰네.

오늘부터 아무개가
활을 냅니다.

굽어살피시어
안전과 평온이 깃들게 하소서.

사람이 먼저이고
활은 그다음이다.

예가 먼저이고
활은 그다음이다.

안전이 우선이고
시수는 그다음이다.

상사보다 오늬가
먼저 닿을 수 없는 이치이다.

* 집궁례(執弓禮): 신사가 활을 배운 후 처음으로 활을 잡을 때 하는 활터의 중요한 의식이다. 선례후궁과 궁도 9계훈의 실천을 다짐한다.
* 시수(矢數): 명중한 화살의 수.
* 상사: 살대 아래에 끼운 대나무 통.

삭회

수줍은 달이 해와 별 사이로 숨는 날
활꾼은 부린 활을 얹으며
점화된 열기를 느낀다.

잔칫집 마당에 쳐진 차일 위로
쏟아진 햇살이 안쓰러울 무렵

시관의 목소리보다
관중 소리가 더 높고,
파란 가을 하늘보다
살고가 더 낮다.

앞마당을 가득 메운 맛깔스런 음식과
잔치를 준비한 삭주(朔主)들의 정성이
활터의 긴장감을 어루만질 때

트집 난 활을 도지개로 채우듯
맞추고 싶은 욕심도
그렇게 또 사그라진다.

석양이 무겁을 비추고 정원 등 아래
낮게 깔린 테너의 노랫소리
뜨락은 이미 사람의 향기로 가득 차 있다.

　나는 삭회를 비집어 활터의 미래를 본다.

* 삭회(朔會): 음력 초하룻날과 그믐날을 아울러 이르는 말. 황학정은 월례회
를 삭회라 부르는데, 이날은 자랑스럽고 오랜 전통을 가진 활터의 잔칫날이다.
* 부린 활: 시위를 풀어 놓은 활. 보관을 위한 형태의 활.
* 점화(點火): 각궁 제작 시 부레풀을 접착제로 사용하므로 습기에 의해 접착
부분이 떨어져 탄력이 줄어드는 것을 방지하기 위하여 따뜻하게 건조 보관
하는 것을 말함.
* 트집 난 활: 틈이 가거나 뒤틀린 활.
* 도지개: 트집 난 활을 바로잡는 틀.

사우 1

좋아하는 일이 같아서인지
남인데 남 같지 않은 이.

설자리에 나란히 서서
같은 목표를 향해 쏘다.

오가며 스치는 눈웃음이
지촉(知鏃)의 느낌으로 남는다.

종잡을 수 없는 활터의 바람 말고
사우(射友)의 마음을 읽어라!

오색바람 촉바람이 불어도
정심(正心)을 안고 함께 가는

우리는 온새미로
한통속이어야 한다.

* 오색바람: 방향을 알 수 없이 불어오는 바람.

* 지촉(知鏃): 만작 상태에서 화살촉 '상사' 부위가 줌손의 구부린 엄지손가락 첫 마디와 닿는 느낌.

* 온새미로: 가르거나 쪼개지 않고 생긴 그대로.

* 한통속: 서로 마음이 통하여 모이는 한패나 동아리를 가리키는 말.

사우 2

활터에서 딴 과실로
술 담그는 여무사.

온 다온을 모아
익어 가는 석 달 열흘.

더도 덜도 말고
모두에게 딱 한 모금.

귀한 떡
목 멜라 달고 시원한 배.

쏘는 즐거움 맞추는 재미
베풀고 나눌 줄 아는 넉넉함.

둥글게 모이자 웃음꽃이 피었네.
활터는 이런 곳이어야 한다.

집궁회갑

— 황학정 고 박창운 고문님 집궁회갑(1958년 집궁)을 축하드리며

하늘에 아뢰고
땅에 고했던
그날의 그 맹세.

한 순 쏘고
살 거두니
육십 년이 지나갔네.

관중에 기뻐하고
사우들과 웃다 보니
한 세월이 쏜살같아.

활터에선
살도 사람도
떠나면 그뿐이나

당신께서 버티고 섰던
황학정 설자리엔
인향만 그득하오.

* 집궁회갑(執弓回甲): 활을 쏘기 시작한 햇수의 환갑.

한량 1

넘치도록 가득 채운 술잔
걸죽한 입담에
나이에 걸맞지 않은
뽀얀 피부가 정겹다.

소리에 놀라지 않아
두리번거리지도
사소한 아귀다툼에
휘말리지도 않고

점화장에 퍼질러 자는
각궁을 깨워
지화자대만 맞아도
미소를 잃지 않는다.

해 질 녘 어스름한 길에
느릿한 팔자걸음으로
금천시장 막걸리 잔에 비친
그를 만난다.

* 지화자대(한량대): 한 순 중 마지막 5시를 가리키는 말.

한량 2

등죽지가 뻐근해지고
엄지가 근질거리면
퍼질러 자는 각궁을 깨우러
점화장에 집어넣는다.

도지개에 채워 활을 얹고
뒤집어지지 않게 삼지끈마저 끼우니
부리나케 또 어딜 가냐고
마누라가 생트집을 부린다.

쏘고 싶은 마음 굴뚝 같아
물 묻은 바가지에 깨 엉겨 붙듯 다닥다닥
범 같은 시어미도 활등같이 휘어 살렸지만
물 묻은 치마에 땀 묻는 걸 꺼리랴!

기왕 설자리에 서서 과녁을 노려보니
관중은 아니라도 굽통이라도 쑤셔야 제맛.
옛말에 시수 날 때 탈 나고
탈 났을 때 배운다고 하더라!

* 도지개: 틈이 가거나 뒤틀린 활을 바로잡는 틀.

열정

— 한 장의 사진이 전하는 말

살[矢]을 반백년 쏘다 보면
뾰족했던 촉도 편편해지듯

젊음이 품고 있던 예리함도
세월에 따라 무뎌지게 마련일세.

다소 힘이 달리면
좀 가벼운 살을 보내면 되고

빛바랜 궁대일지언정
허리춤에 잘 묶이면 된다네.

활에 대한 나의 열정은
사거리가 변치 않았듯

구순(九旬)의 나이에도 변함이 없으니
먼저 간 내 뒷모습이 기억되기를.

황학정 고 이선중 고문님의 발시 후 잔신 모습입니다. 정확한 비정비팔의 발디딤과 발시 후 몸의 균형이 예술입니다. 자세히 살펴보면, 발시 후 줌손은 정확하게 과녁을 향하고 있고 깍지손은 온깍지 발시 후 그 탄성으로 뒤로 젖혀졌으며 줌손이 약간 상향되었고 깍지손은 반대로 하향하여 균형을 이루고 있습니다. 이 한 장의 사진은 고인의 활에 대한 열정이 오롯이 승화된 결정체라고 할 수 있습니다. 참고로 당신께서는 뒤에서 이 사진을 찍는지도 몰랐고 이 사진이 남아 있는지도 모를 것입니다. 사진이 전하는 노궁사의 활에 대한 열정과 진지한 태도가 인상 깊습니다. 요즘 활에 대한 열정이 식어 가던 차에 이 한 장의 사진은 마음 깊은 곳에 큰 울림을 주었습니다.

어르신 떠나신 날
― 박기복 여무사님, 이영주 여무사님, 박찬민 어르신을 기억하며

돌림병이 또아리를 틀자
뜨락에 핀 웃음소리
사라지고

거궁과 발시가
엇갈리며 북적이던
설자리마저 휑해지고

난리통에도 이어졌던
삭회는 통지문조차
띄우지 못했다.

든 자리도 없이
활 공부만 하셔서 그런지
어르신 떠나던 날
아무도 난 자리를 알지 못했다.

활터를 등지고 돌아선 순간
긴 세월 쏘아 올렸던
무수한 살찌만

빈 하늘에
잔신처럼 남았다.

* 거궁(擧弓): 활 들어 올리기.
* 발시(發矢): 화살을 쏘는 행위.
* 잔신(殘身): 발시를 하고 난 뒤의 동작을 일컫는 말. 화살은 몸을 떠났지만
마음은 떠나면 안 된다.

벽안의 궁사 1
　　— 일어나세요! 칼 자이링거!

큰 키 때문에
구부정해 보여도
너른 어깨로
한 팔 가득 벌리면
활터를 한 아름에 안을 듯……

해학과 익살이
가득 찬 미소를 가진
영원한 소년 칼 자이링거.

푸른 눈의 붉은 열정
활의 원류(源流)를 찾아 떠난
머나먼 여정

온 세상을 돌아
마침내 그대가
이 땅에서 찾은
활의 정수가
허위가 없는 온새미로이길……

저 너머 푸른 과녁을
노려보던
빛나던 눈동자엔
오롯이 활 사랑이 서려 있네.
두터운 팔뚝으로 당겼던
강궁(强弓)의 시위도
그대의 열정보다 팽팽하진 않으리……

그대 사랑했던 활로 인해
그대 좋아했던 이곳에 왔고
이 땅에 흩뿌려진 그 뜨거운 열정은
안으로 수렴되어 다시 세계로……

당신을 닮은
큰 걸음으로 성큼
나아갈 수 있도록
이제 그만 훌훌 털고 일어나세요.

벽안의 궁사 2
— 프랑수와 봉탕 전 주한 벨기에 대사 초몰기 기념

푸른 눈을 가진 그의 화살이
붉은 과녁을 찔렀다.

들고 나간 다섯 개의 화살촉이
모두 빠알갛게 물들었다.

활에 대한 열정은
사람을 가리지 아니하고

과묵하고 점잖은 과녁은
야무지게 쏜 화살을 외면하지 않는다.

한국의 붉은 추석 달은
그날 푸른 눈을 가진 그를 비추었다.

사범

살면서 누군가에게
모범을 보이겠다는 것은
스스로 멍에를 짊어지는
어리석은 일이다.

교육이란
혼과 혼의 만남이요
인격과 인격의 부딪힘이다.
어리석지만 숭고한 사명을
받아들이는 것도
선택 받은 자의
숙명 같은 것.

기술을 가르치기보다
정도(正道)를 알려 주는 것.
뭔가를 지시하기보다
모범으로 솔선하는 것.

남은 생애도 누군가에게
본(本)이 되어야
한다는 것은
참으로 무섭고 힘겨운 일이다.

3부

사자성어

파사현정

시위의 탄성이
숨을 불어 넣은
튼실한 살대[矢]는

줌손과 깍지손이
빚는 타래선의
도움을 받아

비도 뚫고 바람도 뚫고
한바탕 거리를
곧장 날아간다.

뾰족하고 날카로운
진실의 촉이
표에 맞닿는 순간.

거짓이여, 가라!
그릇됨을 깨고
바름을 오롯이 드러내라!

* 파사현정(破邪顯正): 불교에서 사견(邪見)과 사도(邪道)를 깨고 정법(正法)을 드러내는 일을 말함.

* 줌손: 활을 잡는 손.

* 깍지손: 깍지를 끼는 손.

* 타래선: 강선(腔線) 총포의 내부에 나사 모양으로 판 홈. 탄환이 목표물에 깊이 박히도록 돌면서 나가게 한다.

* 바탕: 화살이 가는 거리 즉 사대에서 과녁까지의 거리.

* 표: 활을 쏘아 득점할 수 있는 거리와 범위를 나타내기 위해서 세운 후(侯)와 기(旗).

물아일체
— 활터의 소리

만작(滿酌)에 이르러
줌손과 깍지손으로 쥐어짤 때
우직거리는 시위 소리

겨냥과 굳힘 후
촉 소리 나며
깍지 빠지는 소리

과녁을 향해
내달리는 살[矢]이
공기를 찢는 소리

빠른 살걸음에
기어이 정곡을 찌른
상사의 외마디 비명

주체와 객체의
분별심이 사라지면
아무 소리도 들리지 않는다.

* 정곡(正鵠): 과녁에 그려진 여러 개의 동심원 중 한가운데 그려진 검은 점.
* 물아일체(物我一體): 외물(外物)과 자아, 객관과 주관, 또는 물질계와 정신
계가 어울려 하나가 됨.

만개궁체

이 땅의 모든 활터엔
시도 때도 없이 꽃이 핀다.

밀어젖힌 줌손과 쥐어짜는 깍지손
넘치기 전 술잔처럼 가득 당긴 시위

피기 일보 직전의 꽃처럼
활꾼은 미동도 없이 멈춘다.

활꾼의 양팔이 펼쳐질 때
활개 치듯 뿜어 나오는 달아진 살.

활터 여기저기에서 사람 꽃이 필 때마다
달아진 살은 푸른 하늘 여기저기를 가른다.

* 만개궁체(滿開弓體): 활시위를 최대한 당겨 팽팽하게 활짝 열린 상태룰 일
컫는 말
* 달아진 살: 가늘고 무거운 살.

우문현답
— 사범님의 말씀

살이 자꾸 줌손을 칩니다.
"활대를 더 엎어라."

살이 자꾸 뒤납니다.
"줌손이 너무 강해서 그래."

살이 자꾸 앞납니다.
"깍지손이 너무 강해서 그래."

중구미가 안 엎어져요.
"그래도 될 때까지 엎어라."

갑자기 줌이 풀려 앞나고 뒤납니다.
"과녁만 보지 말고 네 궁체를 봐라."

* 앞나다: 국궁에서 과녁 오른쪽에 화살이 떨어진 경우를 일컫는 말.

* 뒤나다: 국궁에서 과녁 왼쪽에 화살이 떨어진 경우를 일컫는 말.

동진동퇴

수줍은 달이 별을 사이에 두고
해와 줄다리기를 합니다.

밀물처럼 함께 나아가고
썰물처럼 하나같이 물러섭니다.

활은 어느 한쪽 기울거나
치우치지 않고 고릅니다.

무겁에 있는 사람은
설자리가 보이지 않습니다.

빈 활을 당기는지 습사를 하는지
함께 들고 나야 모두가 안전합니다.

다시 달이 별 사이에서
해와 줄다리기를 합니다.

동진동퇴

* 동진동퇴(同進同退): 사대에 입장 시 함께 들어가 발시 후 질서를 지키면서
함께 퇴장한다는 의미.

습사무언

트집 난 활은
도지개에다 채우고

활이 뒤집어지지 않게
삼지끈으로 묶어 버리듯

떠들고 싶은 욕망도
두루주머니에 넣어 묶어라!

살은 떠나도
마음이 남아야지

띠[隊]의 마음만
쏜살같이 떠난다.

살은 쏘고 주워도
말은 하고 못 줍는다.

일시(一矢)도 금(金)이요,
침묵도 금이다.

미련한 자라도
잠잠하면 지혜로워지고

그 입술을 닫으면
슬기로워지리라!

* 습사무언(習射無言): 활을 쏠 때는 말이 없다는 뜻

* 도지개: 틈이 가거나 뒤틀린 활을 바로잡는 틀.

* 보궁(保弓): 활이 뒤집어지지 않게 활 삼삼이 부위에 끼워 활시위와 활채를 안정시키는 것.

* 삼지끈: 삼지에 끼는 실 가락지. 각궁을 활걸이에 보관할 때 활 삼삼이 부위에 끼워 활시위와 활채를 안정시키는 보궁(保弓)의 역할.

* 두루주머니: 궁시와 부속품을 넣어 두는 주머니. 일명 전통주머니.

* 띠: 대[隊]라고도 하며, 활터에서 한 과녁을 향해 쏠 때의 한패.

"미련한 자라도 잠잠하면 지혜로운 자로 여겨지고 그의 입술을 닫으면 슬기로운 자로 여겨지느니라. [잠언 17:28]"라는 말씀은 활 쏠 때 깊이 다가옵니다.

일촉즉발

들키지 않을 만큼
가죽[出箭皮]에 기댄 살[矢]이
만작에 걸려 있다.

터질 듯 늘려 놓고선
야무지게 쥐어짜는
줌손과 깍지손.

시위의 짜증은
고빗사위를 넘어
한두 올은 그냥
뜯겨 나갈 판.

들숨이 터져 나오기 전.
표[貫革] 덜미를 잡아
시공이 멈춰 버린 영원.

그래, 지금이야!

* 출전피(出箭皮): 활 옆으로 살이 닿는 곳에 붙인 가죽.

* 만작(滿酌): 활을 쏘기 위하여 화살을 놓기 직전까지 살을 최대한 당긴 동작 상태.

* 고빗사위: 중요한 고비 가운데서도 가장 아슬아슬한 순간.

4부

활과 인생 그리고 사랑

어느 활꾼의 기도

내가 쏜 살이 다 맞기를 바라는
웃자란 욕심보다

내 속에 쌓인 험한 것들이
발[發矢]를 통해 모두 토해질 수 있기를……

포물선으로 과녁과 이어진
짜릿함이 내 안에 머물게 하소서.

허투로 쏘는 살이 없듯이
말과 행동이 하나 되게 하소서.

내가 쏜 살이 똑바로 나아가
관중(貫中)하기를 바라는 마음처럼

내 삶도 똑바로 나아가
바램을 이루고 또 이루기를……

활이 바르고 건강한 삶을
추구하는 도구가 되게 하소서.

항상 습사할 때마다 느끼는 것이지만, 만작을 한 후 발시를 통해 내 안에 쌓인 분노나 미움 같은 스트레스가 일시에 분출 된다는 상상을 해봅니다. 다행히 그 살이 관중이 되면 기쁨도 배가 되고, 관중하는 순간 과녁 주변에까지 날아간 험한 것들이 산산히 부서지는 것을 상상해 보곤 합니다. 필자는 그렇습니다. 활터의 사람들은 저마다 자기가 쏜 화살이 똑바로 나아가 관중이 되기를 바라는 마음으로 설자리에 서지만, 일부 그릇된 사람들은 활터에서 갑질을 하는가 하면 마치 사유물인 양 거드름을 피우며 주변 사람들에게 피해를 줍니다. 이 과정에서 주변의 다른 사우들의 눈살을 찌푸리게 하거나 심지어 다투기까지 합니다. 한때 우리 정에 그런 사람들이 실세로 군림할 당시 총회에서 이렇게 일갈한 적이 있습니다. "당신이 쏜 화살은 똑바로 나아가 관중이 되기를 바라면서 당신들의 삶은 왜 이리 갈팡질팡이고 삐뚤어져 있습니까?" 벼락을 치는 듯한 필자의 포효에 당시 집행부들이 꿀먹은 벙어리가 된 적이 있습니다. 활이 바르고 건강한 삶을 위한 도구가 되는 것이 활꾼 모두가 진정 추구해야 하는 가치 중 하나가 아닐까요? 그런 생각으로 다시 설자리에 섭니다.

쏜살

목덜미를 파고드는
꽃샘추위 심술에
살마저 바람에 나부낀다.

물이 올라 샛노랗게 변해 버린
산수유, 생강나무, 개나리 틈 속에
물 빠진 누런 궁대가 서럽다.

해마다 돌아오는 봄이지만
설자리에 선 사람들은
그때 그 사람이 아니다.

지금 설자리에서 선 나도
쏘아 버린 살처럼
그때 그 사람이 되고 말 것이다.

삼몽사(三夢詞)

주인이 나그네에게 꿈 이야기를 하는도다.
나그네 또한 주인에게 제 꿈 이야기 하네.
지금 꿈 이야기 하는 두 사람
그들 또한 꿈속의 사람인 것을.

主人夢說客
客夢說主人
今說二夢客)
亦是夢中人

해마다 신사가 들어오고 낯익은 구사들이 한 분씩 사원 명패에서 사라지면서 나도 모르게 저만치 올라간 사원 명패를 보면 세월의 무상함을 느낍니다. 허리춤에 묶는 색 바랜 궁대처럼 그렇게 시간은 지나가고 있습니다. 꽃샘추위가 기승을 부리는 이른 봄에 서산 대사(휴정 스님)가 쓴 「삼몽사」의 감성을 느끼며 감정이입을 해 봅니다.

활 그리고 인생

끊어질 듯 우직거리는 시위
절대 부러지지 않는 아랫장 덕에

들숨과 날숨 사이에서 탄생한
살[矢]은 출전피를 떠난다.

살이 곧장 가는 것처럼 보여도
이리저리 헤엄치듯 날 수밖에 없다.

때로는 촉바람 어떤 때는 오늬바람
눈비를 뚫기도 하고……

포물선을 그린 살이
정점에 오른 그 순간부터

탄성은 사라지고
살은 자유낙하를 시작한다.

촉이 과녁에 맞닿는 순간
내 삶이 헛되지 않았음을……

시위와 아랫장의 헌신이
헛되지 않았음을……

하나의 살은 한 사람의 인생을 닮아 있다.

* 출전피(出箭皮): 활을 쏠 때 화살이 닿는, 활등의 가운데에 붙인 가죽 조각.
* 오늬바람: 덜미바람. 사대에서 과녁으로 부는 바람. 화살의 오늬 쪽에서 오
는 바람이라 하여 일컬음.

끊어질듯 우직거리는 시위[父]와 똑 부러질 것 같아도 절대 부러지지 않는 아랫장[母] 덕택에
세상에 탄생한 살[子]은 출전피(부모님 품)를 떠나면서 삶이 시작되고 결국 좌충우돌(화살의
패러독스)하면서 살 수밖에 없습니다. 부모는 자신을 구부리거나 자신이 끊어질지언정 자식을
앞으로 보내기 위해 모든 것을 희생합니다. 때로는 역경을 딛고, 때로는 행운으로 모진 세파를
이겨 가며 어느 순간 자신의 힘으로 남은 생을 보냅니다. 죽음의 순간에서 한 사람의 인생이 나
름의 목표를 달성했다고 스스로 느낀다면 행복한 죽음이라고 할 수 있겠습니다. 더불어 부모
님의 은공을 느낀다면 더할 나위가 없습니다. 누구든지 부모님을 생각하면 인생을 허투루 살
수가 없지요. 하나의 살[矢]은 한 사람의 인생을 닮았습니다.

과녁에서 배우는 삶

스스로 부끄러움이 없다면
온갖 비난의 화살이 쏟아져도
과녁에 덧댄 두둑한 고무판을 닮아
딴딴한 심장 근육이고 싶다.

모질게 작정하고 날린 살은
더 세게 튕겨내 버리면
허위의 비난의 살은
감히 발끝에 미치지도 못할 터.

수만 개의 화살이
햇살처럼 눈앞에 쏟아져도
옴짝달싹 움직이지 않는
튼실한 장딴지 근육이고 싶다.

먼 훗날 널부러진 살이
뒤이어 날아온 허튼 살에 맞아
부서지고 깨지는 그날이 와도
무심히 내려보는 그런 사람이고 싶다.

끝까지

줌손은 밀고 또 밀고
끝까지……

깍지손은 당기고 당겨
끝까지……

굳히고 발시(發矢) 전까지
끝까지……

과녁에 눈 떼지 말고
끝까지……

살이 떠났어도 잔신까지
끝까지.……

우리 삶도 포기 하지 말고
끝까지……

화살기도

땅에서 하늘로
마음의 화살을 쏘다.

간절한 바램이
쏜살같이 닿기를……

거룩한 분이시여
짧은 운율에 귀 기울이소서.

화살로 말미암아
당신과 나를 잇게 하소서.

* 화살기도: 바쁜 일상 중에 틈틈이 짧은 단문 형태로 간절한 바램을 신께 바치는 기도이다. 화살처럼 신속하게 도움을 간청한다는 의미를 담고 있다.

활 그리고 화살

오해는 쏜살같이
풀리고

이해는 관중(貫中)처럼
명백해지기를……

편견은 오늬에 실어
날려 보내고

어짊과 너그러움은
시위처럼 다시 제자리에……

의무와 권리가
설자리처럼 평평하고

사람의 무겁기가
장초석과 같아져라.

사람에 대한 미움은
과녁마냥 튕겨 버리고

사랑의 눈길은
궁대 매듯 묶어 두기를……

배려하는 손길은
깍지손 젖히듯 넓게 펼치고

감사하는 마음은
줌손 버티듯 견고하게……

존경과 자애는
잔신처럼 길게 여운을 남겨라!

사람의 바르기가
화살과 같아져라.

변심
— 승단 시험에 떨어지고

보고 싶어 한달음에 달려가
손으로 어루만지고
가슴통 가까이 당겨도 본다.

안 본 사이
춥거나 덥지는 않았는지?
안부도 물어보고
언제나 애지중지.

행여 딴 맘 먹고
뒤집어지지 않을까?
혼자 있을 땐
덧대 놓기도 한다.

만난 후 헤어질 때
옷깃을 질끈 동여매어
그녀를 보내곤 했는데……

나 오늘 갑자기 그녀가 미워졌다.

애기살
 — 결혼 5주년을 기념하며

반으로 쪼개진 대나무[桶兒] 속에
길이마저 반쪽인 애기살[片箭]

분명 쏜 것 같은데
안 쏜 것처럼 보인다.

천 보 밖의 적은 그 궁금증을
미처 풀지도 못하고 스러진다.

모자란 반쪽 둘이 만나
천 보를 날아간다.

* 통아(桶兒): 짧은 화살을 쏠 때 화살을 담아 활의 시위에 얹어서 쏘는 가느
다란 나무통으로, 화살이 이 통속을 거쳐서 나가면 통은 앞에 떨어진다. 원통
의 대나무를 사선으로 깎아 만든다.
* 애기살: 편전(片箭)은 일반적인 화살인 장전(長箭)에 비해 길이가 매우 짧
은 화살을 뜻한다. 애깃살이라고도 부르는데, 이를 번역해 동전(童箭)이라고
한다. 변전(邊箭)도 편전의 다른 이름이다.

어느 활꾼의 사랑
— 결혼 7주년을 기념하며

당신을 만나러 가는 길은
화피(花被)로 곱게 단장합니다.

참나무와 뽕나무가
이어 붙어 튼튼한 활짱이 되고

쇠심줄보다 질긴 인연
부레풀[魚膠]로 동여맵니다.

구부려도 부러지지 않게
무소의 뿔을 마음에 심습니다.

한 올은 쉬이 끊기지만
뭉쳐진 시위는 늘 넉넉합니다.

대나무를 닮아 꼿꼿이
오롯이 당신만을 사랑합니다.

* 각궁 제작 재료: 대나무, 쇠심줄, 화피(자작나무 껍질), 부레풀, 물소 뿔, 실, 소가죽, 삼베, 참나무, 뽕나무.

* 활짱: 활의 몸체.

호위무사

벼락 같은 화살이
하늘을 새까맣게 덮어도
당신의 옆자리를
떠나지 않을 것입니다.

아둔한 세상이
당신을 궁지로 내몰고
모두가 손가락질해도
한결같은 마음으로
당신을 지키겠습니다.

진실이 잠시 눈감을 때
정의가 사라진 듯해도
먹구름을 뚫고
솟아나는 찬란한 햇살을 그리며

당신의 고통을 함께하면서
약자를 보호하고 의를 행하렵니다.

호위무사

영화 <킹덤 오브 헤븐>에 나오는 기사도에 대한 대사는 다음과 같습니다.

적 앞에서 결코 두려워하지 말라!

늘 용기 있게 선을 행하고, 생명을 걸고 진실만을 말하라!

약자를 보호하고 의를 행하라!

그것이 너의 소명이다.

가시버시

가시가 치켜든 줌손이
삶의 지표가 되고

버시의 깍지손으로
미래를 쏠 시위를 당긴다.

서로의 줌손과 깍지손으로
관중(貫中)이 아니어도
원망도 미련도 없이

같이할 수 있음에
감사할 수 있기를……

가시버시가 쏜 살이 미치지
못 할지라도

실망도 포기도 없이
같은 쪽을 보고 있음에
위로가 될 수 있기를……

가시의 줌손으로 거문고[琴]
버시의 깍지손으로 비파[瑟]
금슬(琴瑟)이 깊어지기를……

5부

습사 · 초몰기

살의 행

창공에 흩날리는 충빠진 살[矢]
네 궁체(弓體)를 돌아보라!
가슴통이 흔들리지 않아야
떠난 살이 놀라지 않더라!

떠나야 할 때를 아는 이의
뒷모습이 아름답듯
놓고 싶을 때 놓을 수 있어야
덜 가는 살이 없더라!

만작(滿酌)이란 것이
어느 한 점에 머물지 않고
시나브로 당기는 중
점이 아니라 선 위에 있더라!

근골과 마음이
아랫장처럼 유연하고
시위처럼 한껏 늘어나야
살의 행(行)이 꿋꿋하더라!

* 충빠지다: 화살이 떨며 가다.

* 궁체(弓體): 활을 쏘는 자세.

* 만작(滿酌): 잔에 가득하도록 술을 부음. 또는 그런 술잔.

* 근골(筋骨): 근육과 뼈대를 아울러 이르는 말.

한산정

교전(交戰) 습사와 평시(平時) 습사는
그 질(質)이 다르다.
그와 병사들이 날렸던 살기
지금 내가 날리는 운치

격랑의 파도 위에
격군(格軍)들의 노 젓는 소리
편편한 설자리에서
튕겨지는 시위 소리

푸른 가을 하늘 옥빛 바다 위
시공을 넘어
무수한 살찌 사이로
내 살찌 하나 보태고 왔다.

깊은 밤 수루(戍樓)에
홀로 앉아 있으면
애끊는 그 피리 소리
다시 들을 수 있을까?

* 한산정(閑山亭): 경상남도 통영시 한산도 제승당 유적 안에 있는 활터. 이순신 장군이 부하들과 활쏘기 훈련을 하던 곳이다.(사진은 한산정 내 수루이다.)

새벽 습사

꼭두새벽 어스름한 계단길 너머
반갑게 불을 밝힌 사우회관
곱은 손 호호 불며
서릿발 같은 설자리에 선다.

홍심(紅心)을 닮은 빠알간 해가
마천루를 비집고 나와
한껏 솟구쳐 오른 살대를
어루만지는 순간
늘씬한 몸매가 오롯이 드러난다.

홍심으로 돌진하는 붉은 촉
내 의지가 과녁과 만나는 찰라
지난밤 나를 괴롭혔던 잡념도
산산히 부서져 개자리에 흩날린다.

과녁 앞에 널부러진 살[矢]
설자리 위에서 은혜 받은 내 마음.
아침 고요를 깨우는
하나의 화두가 되고……

한겨울 된바람을 뚫고
질척이는 연전길을 다녀온 후
설자리에 서서
다시 무게중심을 낮춘다.

* 서릿발: 땅속의 물이 얼어 기둥 모양으로 솟아오른 것. 또는 그것이 뻗는 기운.

한국에서 마천루를 병풍처럼 배경으로 둔 활터는 황학정밖에 없습니다. 가끔 휴일 새벽에 습사할 때면, 남들은 모를 듯한 저만의 은밀한 재미가 있습니다. 동틀 무렵 만작 후 발시를 하면 그 화살이 정점에 달할 때 햇빛에 비쳐 0.5초도 안 될 만큼 찰나의 순간 살대가 오롯이 드러나는 때가 있습니다. 이 현상은 왼쪽에 있는 높은 언덕이 햇빛을 막아서고 있다가 화살이 2/3 지점을 통과하는 순간 햇빛에 노출되면서 반짝거리는 것입니다. 그 모습을 잠시 감상하다가 "따악!" 하는 관중 소리를 들으면 참선 수행을 위한 실마리를 찾은 것 같은 느낌을 받곤 합니다. 어쩌면 저마다 이런 소소한 재미를 느끼며 심신 수련을 하는 것이 활쏘기의 정수 아닐까 생각해 봅니다.

관중으로 가는 길

만작(滿酌)은 한 바탕 거리를
지척으로 바꾸는 마법을 부린다.

과녁을 앞에 두고 굳힘으로
흔들리지 않는 믿음을 심는다.

발시(發矢)는 모든 준비의 끝이요,
이루고자 하는 욕망의 터짐이다.

잔신은 아쉬움을 놓지 않고
떠나간 살에 간절함을 더한다.

설자리에 선 나의 바램을
풍만한 포물선이 하나로 이어 준다.

마치고

채비를 하는 동안엔
오만가지 생각이 가물거리고
설자리에 서면
한 가지 생각만 품는다.

습사(習射)를 마치면
머릿속에 맴돌던 안 좋은 생각
나를 감쌌던 불운한 기운이
쏜 살과 함께 떠난 것으로 간주한다.

제법 잘 겨냥한 살이
알과녁을 두드리면
웃자라서 볼품없던 자신감마저
고개를 치켜든다.

생각도 정리할 겸
살풀이하는 셈 치고
또 자신감을 되찾으려
나는 다시 활터로 갈 것이다.

* 알과녁: 과녁의 한복판.

* 웃자라다: 쓸데없이 보통 이상으로 많이 자라 연약하게 되다.

설봉정에서

설봉정(雪峯亭)에선 화살이
과녁을 때리면
과녁 대신 산이 운다.

촐싹대는 외마디 비명이 아니라
산자락을 따라 낮게 깔리고
묵직하게 울린다.

새벽을 가르며 비행하는
살의 궤적을 따라

무거운 안개를 헤집는
아침 햇살을 따라

정겨운 연전길을 걷다가
과녁 앞에 널브러진
다섯 개의 화살을 주웠다.

무제

네가 못 맞추는 것이 아니라
잘 맞게 만들어진 활을 다루지 못함이다.

활이 몸의 일부가 되는 날.
맞추고 싶은 자리에 살이 떨어진다.

네가 잘 맞추는 것이 아니라
활이 잘 맞게 만들어진 것이다.

활과 몸이 따로 노는 날.
맞추고 싶어도 살은 과녁을 외면할 것이다.

습사

일상을 쪼개어 설자리에 섰지만
활꾼에겐 당위이다.
어색한 동작은 될 때까지
잘못된 습관은 이미 두고 왔다.

시위가 떨어지는지
활고자가 눈치채지 않게
떠난 살[矢]이 놀라지 않게
부드러운 발시 소리는 눈[目]으로 듣는다.

맞추고 싶은 간절함은 오늬에 실었지만
마음만은 떠나 보내지 않는다.
과녁은 어제보다 한 뼘이나 커졌다.
나의 과녁은 시나브로 자라고 있다.

습사

활꾼에게 설자리란 당위의 개념압니다. 배운 바대로, 아는 바대로 실천하기란 매우 어려운 일입니다. 하지만 일신우일신(日新又日新)의 자세로 정진한다면 실력은 조금씩 늘기 마련이지요. 과녁이 자란다는 것은 '실력이 는다'는 시적인 표현입니다.

내 활을 쏘다

설자리에선 몸가짐 마음가짐.
몸도 마음도 바빠서는 안 된다.

힘을 잔뜩 머금은 분문(糞門)
다섯 발가락으로 방렬(放列)하라!

살먹이기가 몰아(沒我)로 가는 기점이니,
아무렴, 허투루 할 순 없지.

활대와 시위에 걸린 살을
가슴통 한가운데 품고 겨냥한다.

누가 뭐래도 내 밀고 당김의
멈춤이 만작이다!

오만가지가 멈춘
지촉의 순간에 굳히고 잠가라!

두 힘이 활저울 위에서
시나브로 당기다 터져 버려야 한다.

포물선을 그린 빠른 살찌라야
살이 놀라지 않는다.

빈 하늘을 비집는 소리가 나야
맞은 살이 튕겨 오늬부터 떨어진다!

맑은 쏘임 소리 후 관중(貫中) 소리 들리면
나는 내 활을 쐈다 하겠다.

* 살먹이기: 활쏘기에서 화살을 활에 놓는 것을 말한다.
* 방렬(放列): 포병 진지에서 화포를 사격 대형으로 정렬하는 일.

활과 꿩

죽시(竹矢)에 붙이는 깃은
꿩의 깃털로 만들어

살[矢]은 마치
꿩이 머리를 틀어박듯
푸른 하늘을 날다 냅다 떨어진다.

꿩 치(雉) 자가 화살 시(矢) 자를
품은 이유다.

새장에 가두어도
길들여지지 않는 꿩처럼
활쏘기엔 타협이 없어야 한다.

활쏘기를 마친 후엔
꿩 구워 먹은 자리처럼
마음속의 앙금이 없어야 한다.

* 꿩 구워 먹은 자리: 어떠한 일의 흔적이 전혀 없음을 비유적으로 이르는 말.

구순 몰기

비가 오나 눈이 오나
습사를 위해 몸에 밴 습관
활터 가는 길 위에 아로새긴
구순(九旬)의 발자국.

느리지만 당당한 발걸음
옷매무새 고쳐 입고
물 빠진 궁대 당겨 매고
궁시 챙겨 너른 마당을 나선다.

백발을 이고 선 설자리
약해진 팔뚝 늘어진 팔근육
흔들리는 궁시로 노려보는 과녁
결코 눈빛은 흔들리지 않는다.

비바람 몰아치는
오색바람 한가운데
가지고 나간 다섯 개 화살이

과녁 앞에 모두 널브러져 버렸네.

구순 몰기

'황학정 551회 삭회에서 조병환 어르신께서 구순의 연세에 몰기를 달성하다!' (사진은 집궁례 때 찍은 것) 언제부터인가 황학정의 돌과 바람, 건물 등 풍경에 대해 쓰다가 사람에 대해 쓰기 시작했습니다. 사실 국궁이 인기 스포츠였다면 어르신의 업적은 방송에서 다뤄야 할 정도로 대단한 일대 사건입니다. 100세 몰기를 기원하며, 어르신께서 건강하시길 바랍니다.

나는 이미 알고 있었다
— 민혜근 여무사님의 초몰기를 기념하며

나는 이미 알고 있었다.
지화자살이 아슬아슬하게 빗나가도
초조해 하거나 아쉬워하지 않고……
담담하게 설자리를 벗어날 때부터.

나는 이미 알고 있었다.
탄탄한 줌손과 부드러운 발시 소리
일정한 한과 한결같은 통.
탄착점은 언제나 같은 자리였다.

나는 이미 알고 있었다.
궁금한 것에 대한 끊임없는 의문.
지치지 않는 열정과 부지런함.
노력을 외면하지 않을 것이란 강한 믿음.

나는 이미 알고 있었다.
여무사가 날린 마지막 화살이
우아한 살찌로 날아갈 때
과녁에 무슨 일이 생길 것인지……

하지만

나는 여전히 알 수가 없다.
얼마나 좋을까?

* 지화자대: 한 순 중 마지막 오시를 말하는데 한량들이 이를 중시한다고 하
여 '한량대'라고도 하였다. 사시까지 '불(不)'이어도 오시를 맞추면 기녀들이
"지화자"를 불렀다. 오시오중을 해야 기녀가 "지화자"를 부르는 것이 정상이
나, 마지막 오시만 맞추어도 부른 것이다.

얼마나 좋을까?
― 김인숙 여무사님의 초몰기를 기념하여

등정(登亭)하실 때마다
똑같은 가방을 들고
다소곳한 인사에
결코 눈웃음을 잊지 않는다.

힘에 부친 듯
설자리 위 너른마당에선
준비 운동을 소홀치 아니하고

정작 설자리에선 파르르
활을 당기지만
꼭 다문 입술에선
그의 결기가 느껴진다.

살고가 높긴 해도
1중을 하든
불을 쏘든
탄착(彈着)은 언제나 일정했다.

오늘 그토록
쏘고 싶었던
오시오중을
마침내 달성했다.

얼마나 좋을까?

접장

초시(初矢)부터 관중이요!
활 잘 쏘는 사람
고구려 세운
주몽이 날린 우는살[嚆矢]이요!

이시(二矢)도 관중이요!
당 태종 이세민
한쪽 눈 감겨 버린
안시성 양만춘의 화살이요!

삼시(三矢)도 관중이요!
몽골의 원수(元帥)
살리타이 명줄 끊어 버린
처인성 김윤휴의 화살이요!

사시(四矢)도 관중이요!
아기발도(阿其拔都) 투구끈을 날리고
화살을 적의 아가리에 쑤셔 넣은
황산 전투 이성계의 화살이요!

오시오중(五矢五中)이요!
인왕산 아래 유서 깊은 활터에서
무명(無名)의 고흥식이 날린 천금 같은 일시요!
접장(接長)의 완성이오!

* 우는 살(嚆矢): 옛날에는 전쟁을 시작할 때 신호 삼아 소리가 나는 화살을
쏘아 올렸다. 사물의 맨 처음을 일컫는다.
* 접장(接長): 활터에서 신입 사원이 몰기(오시오중)를 하면 정식으로 무사
로 인정받는 접장 반열에 오르게 되어 이를 호칭으로 쓰기도 한다.
* 관중(貫中): 과녁을 맞추는 것.

스나이퍼
— 영화 <아메리칸 스나이퍼>를 보고

몸속 세포를 채우는
공기를 느끼며
호흡을 통제하라!

호흡이 통제돼야
마음이 통제된다!

이 무의식의 순간에
연삽하게 내라!

심장 소리를 듣고
날숨이 멎는
박동과 박동 사이에
발시하라!

타깃이 작아야
조금 빗나간다!

눈 털기

꽁꽁 언 손을
호호 불면서
눈 털기에 나선다.

기울기가 가팔라
쌓일 것 같지 않더니
과녁 두께만큼 쌓여 있다.

눈비를 뚫고
날아간 화살에
맥없이 떨어지는 눈.

미움도 원망도
떨어지는 눈처럼
우리 속에서 사라지길……

과녁을 짓누르던 눈이
눈 털기로 털썩 주저앉더니
무겁엔 물만 고여 있더라.

쏘는 맛

무릇 활을 쏘려면
쏘는 맛대로 옴팡지게 쏘렸다.

엎어진 중구미는 하늘을 노려보고
살대는 입꼬리에 바짝 붙여라!

등죽지가 붙을 만큼 가득 당기고
버티고 쪼으고 굳힌 그 찰나에 쏘아라!

고개를 치켜든 살대가
살끝이 살아 정곡(正鵠)을 찌르는 쏘는 맛.

시수의 고르기가 물[水]과 같아야 하고
사람의 바르기가 살[矢]과 같아야 한다.

* 정곡(正鵠): 과녁의 한가운데가 되는 점.
* 조선 시대 거상 임상옥의 좌우명으로 알려진 "재산의 평등함은 물과 같아
야 하고, 사람의 바르기는 저울과 같아야 한다[財上平如水, 人中直似衡]"에
서 차용.

쏘는 맛

6부

우리 활 · 활쏘기 · 활과 시

각궁 1

산뽕나무 베어다
활짱을 만들고

휨세 좋은 대(竹)는 잘 켜서
아랫장 윗장에다 붙이고

물소 뿔 덧대어
쇠줄로 갈고 다시 또 다듬고

소 한 마리
두 덩이 쇠심줄.

어지간히 질긴 놈을
한 올씩 찢어내어
일곱 겹을 입혀 내고

활짱 안팎엔
자작나무 껍질 말려 붙이고

각궁(角弓) 한 자루에
올라탄 소 세 마리를

부레풀이
힘겹게 붙들고 있구나.

* 각궁(角弓): 전시 수렵용과 상락 습사용(嘗樂習射用) 2가지가 있으며 전
시 수렵용의 재료는 뽕나무, 물소 뿔, 쇠심줄, 실, 부레풀, 옻칠 등 6가지 재료
를 사용하며, 연악 습사용은 뽕나무, 쇠심줄, 소뿔, 부레풀, 대나무, 화피(樺
皮) 등 7가지 재료로 만든다. '후궁(帿弓)', '장궁(長弓)'이라고도 하며, 힘의
세기에 따라 강궁(强弓) · 실중력(實中力) · 중력(中力) · 연상(軟上) · 연중(軟
中) · 연하(軟下)가 있다.
* 활짱: 활의 몸체.

각궁 2
— 믿음, 소망, 사랑 그리고 우주

활은 믿음입니다.
겨냥한 대로 날아가고
부족한 만큼 빗나갑니다.
맞지 않으면 스스로를 돌아보게 만듭니다.

활은 소망입니다.
맞추고자 하는 간절함이 넘쳐
몸에서 살이 떠난 후에도
마음만은 놓지 않습니다.

활은 사랑입니다.
부린활은 무엇이든
보듬는 모양새입니다.
모양 자체가 사랑입니다.

활은 우주입니다.
얹은활은
풍만한 여성의 상체를 닮았고
부린활은
건장한 남성의 가슴통 같습니다.

* 반구저기(反求**諸**己): '잘못을 자신에게서 찾는다'는 뜻으로, 어떤 일이 잘
못되었을 때 남의 탓을 하지 않고 그 일이 잘못된 원인을 자기 자신에게서
찾아 고쳐 나간다는 의미.
* 부린활[弛弓]: 시위를 풀어 놓은 활.
* 얹은활[張弓]: 시위를 걸어 놓은 활.

새 활

곱게 단장한 화피
미끈하게 줌 잘 깎아
오늬절피도 단디 매 본다.

잘 벼려진 칼처럼
골고루 스며든 시위 밑
짱짱한 아랫장을 믿는다.

가슴통을 비우고
욕심마저 버리고
한 배 가득 당기고 놓는다.

살[矢]은 그대로인데
어제 보낸 그 살보다
오늘 날린 이 살이 더 간다.

* 화피(樺皮): 벗나무의 껍질. 활을 만드는 데 쓴다.

새 활

활과 소

소심으로 만든 심가래
고르게 펴서 붙이고

물소 뿔 다듬어
활짱에 덧대고

쇠뿔을 깎아 만든
깍지로 활을 당긴다.

소가 없으면
우리 활도 없다.

궁시장

시누대 매만지며 산 지
어언 수십 년.

아비따라 걸어온 길
칠순을 넘겼네.

산뽕나무 켜서 제비추리 만들고
물소 뿔 다듬어 다시 뒤깎고

대나무 밭 지천에 서 있다가도
다시 부레풀 끓는 공방(工房)에 앉아

때려야 뗄 수 없는
분신 같은 궁시(弓矢)를 부여 잡고

활쟁이 삶을 이고 살다가
어느덧 백발을 이고 산다.

경기도 파주시 영집궁시박물관 홈페이지의 인사말에서 영감을 얻어 쓴 시입니다.

범아귀

줌을 품은 엄지와 집게 사이
표적과 나 사이에
범이 아가리를 벌리고 있다.

맞추려는 자의 넘치는 확신
공포에 질린 표적 사이엔
결국 명중되고 말 것이라는 교감이 흐른다.

범아귀에 걸린 적을 애도하노라!
살이 범아귀를 스치는 순간
범아가리는 표적을 삼켜 버린다.

* 범아귀[虎口] : '범의 아가리'라는 뜻으로, 매우 위태로운 처지나 형편을 이
르는 말.

날것

활에는 날것의 위대함이
깃들어 있다.

가늠자도 없이
줌손으로 겨냥하고

타래선도 없이
양손으로 짜서 곧장 보낸다.

밀고 당기다 굳히고
얼추 감각적으로……

풋풋한 재료가 엉겨 붙여
세상에 없던 돌성을 만들고

날것의 순수함이
반만년 우리를 지켜 냈다.

날것

* 타래선: 총포의 내부에 나사 모양으로 판 홈. 강선(腔線)이라고도 한다. 탄
환이 목표물에 깊이 박히도록 돌면서 나가게 한다.

궁체

줏대 없는 풍기처럼
바람에 흔들리지 마라!

자리를 틀었으면
살이 쏟아지든 말든
옴짝달싹 과녁마냥
움켜쥐고 버티고 서라!

이마 마주 보고 선 과녁
활짱과 시위가 멀어질 때
견갑골은 등 뒤에서 부딪히고
등힘이 돌아 나와
가슴팍에서 머물 때
표(標)가 성큼 들어와도
한 번 더 굳히고 발시(發矢)하라!

몸으로 쏘지 말고
마음으로 쏴라!

기교로 쏘지 말고
궁체(弓體)로 쏴라!

힘보다는 기(氣)로 쏘고
버티고 조이고
기어이 연삽하게 내라!

조선궁술연구회 성문영 회장

과녁

소인(小人)은 설자리에서
욕심을 쏘고
군자(君子)는 그저 활을 낸다.

궁수는 춤추듯 활을 내고
시위는 활 속에서
살은 과녁 속에서 춤을 춘다.

과녁은 꿰뚫어야 할 목표가 아니라
덜 가는 모자람을 꾸짖고
더 가는 넘침을 가르는 경계다.

살은 더 가고자
분을 이기지 못해
과녁 속에서 몸을 떤다.

과녁은 살을 품어
어루만지는 손길이며
만족을 가르치는 스승이다.

소인은 설자리에서
교만을 쏘고
군자는 그저 활을 낸다.

* 낸다: 활을 쏜다는 의미.

되는 날

매서운 겨냥, 단단한 굳힘으로
한 배 가득 당겨 놓으니

앞나거나 뒤나지도 않고
덜 가거나 더 가지도 않고

모든 살이 약속이나 한 듯
과녁 속으로 뛰어 든다.

정곡은 살을 끌어당겨
붉은 품속에 안으려 하고

출렁거리는 시위를 떠난
이쁜 살찌엔 힘이 잔뜩 담겨 있다.

탄생

줌손과 깍지손 사이에서
하나의 살[矢]이 탄생한다.

북전과 입꼬리 사이에서
하나의 살이 탄생한다.

아랫장과 시위 사이에서
하나의 살이 탄생한다.

들숨과 날숨 사이에서
하나의 살이 탄생한다.

과녁과 나 사이에서……
그 짱짱한 만작(滿酌)의 끝에서……

* 북전: 활의 줌을 잡을 때 집게손가락이 닿는 부분.

야사

서울 밝은 달 아래
밤드리 쏘고 싶다.

밤에 맞추는 살은
눈이 아니라 귀로 듣는다.

밤에 쏘는 활은
힘이 아니라 궁체(弓體)로 쏜다.

어둠을 뚫고 날아간 내 살아
홍심(紅心)을 잊지 마라.

대보름 둥근달 아래
내 열정아, 식지 마라.

* 야사(夜射): 밤에 하는 습사를 일컫는 말.

겨냥

이마 바로 선 과녁
쏘아보는 눈매가 매섭다.

시위가 차오를수록
촉은 뾰족해지고 날도 더 선다.

표(標)가 성큼 들어와도
움켜쥐고 조이고 굳혀라!

줌손을 높이고 가슴통을 열어야
살이 한배를 얻는다.

명중은 겨냥한 자만이
누릴 수 있는 기쁨이다.

* 한배: 화살이 좌우 측의 편차와 관계없이 과녁이 있는 곳까지 가는 것.

만작

활터에서 뺏길 것은
시위밖에 없다.

당기지 못하고 게웠다면
결코 미치지 못할 터.

뺏은 이는 없는데
뺏긴 이만 야속하다.

만작(滿酌)에선 밀당이 아니라
뺏기지 않게 당기는 것이다.

발시(發矢) 전까지 당기는 건
맞추고자 하는 자의 의무이다.

* 게우다: 촉이 과녁 쪽으로 밀리는 것으로, '토하다'라고도 한다. 근래에 생
긴 다른 표현으로 '퇴촉'이 있다.

만작

나는 살[箭]이다

나도 내가 언제 떠날지 알지 못한다.
나는 언제나 어두운 통 속에
거꾸로 서 있거나
떨어질 듯 허리춤에
반쯤 매달려 있다.

시시때때로 뒤꿈치를 잡힌 나는
그 덕에 자세를 곧추 세울 순 있지만
덜미를 잡힌 토끼처럼
이내 뻣뻣해지고 만다.

어색한 각도로 들린 몸을 겨우 가누고
그나마 안정될 무렵……
스르르 뒤로 밀리나 싶더니
이미 사선(射線)에 걸린 내 몸뚱아리

앞뒤를 짜는 익숙한 손길
미세한 떨림마저 멈춘
바로 이 순간……
하지만
나도 내가 언제 떠날지 알지 못한다.

살날이[運矢臺]

한 가닥 외줄 끝에
힘겹게 매달려
풍랑 속 조각배마냥
위태롭게 건너오네.

전생에 지은 죄가
무엇이길래
수만 번 같은 길을 오가도
멈출 기약은 없어라!

님이여!
행여 살 나르러 갔다
돌아오는 길이
다소 힘에 부치더라도

떨어진 화살만
담지 말고
활터의 옛 영광도
다시 담아 오소서.

* 살날이[運矢臺]: 무겁에서 주운 화살을 사대까지 보내는 기구.

비겁한 활꾼

나른한 봄날에
속근(速筋)이 축 늘어져
노려보는 초점마저 흐려진다.

제법 강한 봄바람에
깃발을 매단 밧줄이
국기봉을 때리느라 바쁘다.

화마(火魔)가 들이닥친 인왕산에
불길 잡으러 오가는
헬기 소음에 더 다급해진다.

미치지 못해 코 박는 살.
바람에 흘러가는 살.
갈피를 못 잡는 놀란 살까지……
오늘은 참 떨어지기 좋은 날이야.

* 속근(速筋): 흰색을 띤 근육 섬유로 구성된, 수축 속도가 빠른 근육. 순간적
으로 힘을 낼 때 사용된다.

두 번째 화살

활 배우는 사람은
두 개의 화살을 갖지 마라!

두 번째 화살의 존재는
첫 번째 화살의 집중을 방해한다.

지혜로운 사람은
연이어 화살을 맞지 마라!

첫 번째 화살은
피할 수 없는 운명의 화살이고

두 번째 화살은
스스로에게 쏘는 화살이다.

첫 번째 화살은 잠시 아프지만
두 번째 화살의 고통이 길고 더하다.

인식하고 허락하고 조사하되
동일시하지 마라!

두 번째 화살

활에서 세상을 배웁니다.
활 배웁니다!

두 개의 화살을 갖지 마라. 두 번째 화살이 있기 때문에 첫 번째 화살에 집중하지 않게 된다.

『탈무드』

연이어 화살을 맞지 마라. 어리석은 사람은 두 번째 화살을 맞는다고 하고, 지혜로운 사람은 두 번째 화살을 맞지 않는다고 한다.

『잡아함경』

두 번째 화살과 관련된 성현의 말씀을 되새겨 봅니다. 『탈무드』는 처음의 마음으로 최선을 다하라는 의미인 것 같고, 『잡아함경』에 나오는 '연이어 맞는 화살'이란 인간이 세상을 살면서 절대 피할 수 없는 운명적인 몸과 마음의 고통을 의미합니다. 심지어 부처와 같은 성인도 피할 수 없는 불가항력적인 사건을 의미하지요. 예를 들어 불치병에 걸리거나 불의의 사고를 당하거나 천재지변과 같은 피할 수 없는 운명 혹은 상실, 실망 또는 인간관계의 불신과 갈등 등 인간사의 수레바퀴에 낀 불행한 사건은 본인에게 닥친 상황(첫 번째 화살)이며 당연히 예측할 수도 없습니다. 이러한 상황에 직면한 대부분의 인간들은 그 상황 자체에 매몰되어 분노와 복수, 회한 등의 심적 갈등을 겪지요. 사실 고통의 8~9할은 이 두 번째 화살에서 비롯됩니다.

지혜로운 자는 첫 번째 화살을 담담하게 받아들이고, 스스로를 책망하거나 신을 탓하거나 운명을 원망하지 않습니다. 하지만 어리석은 자는 '왜 하필 내게 이런 일이? 좀 더 조심할 걸' 당면한 정신 · 육체적 괴로움을 구실 삼아 비관하거나 후회하고 자책하는 등 끊임없이 자신을 괴롭힙니다(두 번째 화살이 점점 늘어나 n번째 화살이 될 수도 있습니다.) 특히 이 두 번째 화살은 내 마음이 만들어 내는 것이기에 이런 상황일수록 마음을 잘 다스려야 한다는 것이 부처님의 말씀입니다.

'부처 불(佛)' 자를 파자하면 사람[人]이 활[弓]과 화살 2개[二] 를 들고 있는 형상입니다. 결국 몸에 박힌 첫 번째 화살을 빼어 들고 자신이 가진 두 번째 화살을 쏘지 않은 채, 이 2개의 화살을 들고 있으면 부처가 된다는 의미 아닐까요? 마음을 잘 다스립시다.

4천 년 전 화살

얼음이 녹으면
빙하 속 갇힌
화살과 함께
그의 간절함이 드러난다.

쇠파리 떼를 피해 떠나는
순록을 쫓아
눈 덮힌 바위투성이의
험로를 달려

사냥꾼이 날린 살은
아쉽게 빗나가
눈 속 바위 틈
어느 구석에 박혔지만

시위와 오늬 사이에 꽉 물렸을
맞추고자 했던 그의 간절함은
4천 년이 지나도
오롯이 남아 있다.

빗나간 살은 사냥꾼에게
슬픈 일이었지만
얼음 속에 묻힌 그 슬픔이
고고학의 정곡(正鵠)을 찌른 셈.

얼음이 녹으면
빙하 속 빗나간 화살은
잠자는 숲속의 미녀처럼 깨어나고
슬픔이 승화된 간절함도 드러난다.

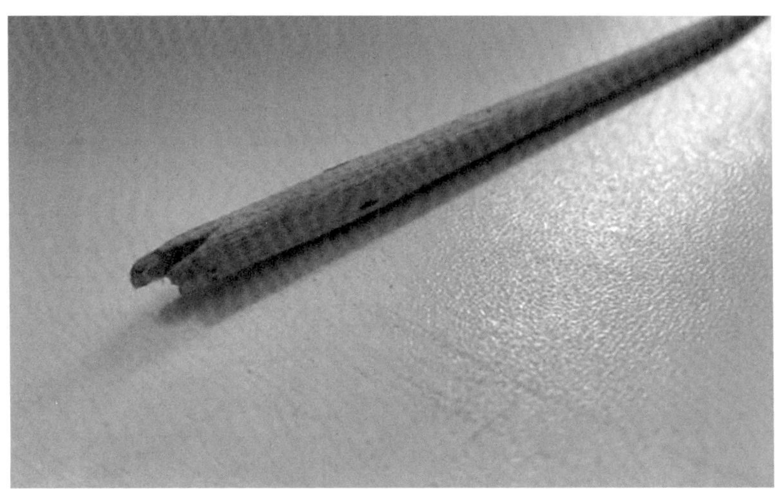

얼음이 녹으면서 노르웨이 빙하 속에 갇혀 있던 4천 년 전 화살이 발견되었다는 기사에서 영감을 얻었습니다. 목표에 적중하지 못하고 빗나간 화살에 휘어진 살대와 오늬의 흔적만 있는 것이 아니라 사수의 집념과 의지가 묻어 있을 것 같아 써 보았습니다. 또한 목표에 적중하지 않더라도 시간이 가져다주는 마법 같은 현실(고고학적 발견)은 그 나름대로 의미가 있다고 생각했습니다.

더블 타깃

주위를 살피지 않으면
내가 타인의 타깃이
된 사실을
알아채지 못한다.

상황에 몰입하다 보면
이미 포위되어
살길이 없음을
곧 깨닫게 된다.

자기 합리화가 버릇이 되면
자신도 모르게
무언가에 엮이게 되어
소명이 불가능해진다.

잘 아는 지인이라
방심하지 마라!
덫에 걸린 야수도
방심이 낳은 비극이니

믿지 마라!
믿었다는 사실이
얼마나 슬픈 일인지
깨닫는 때가 온다.

활은 활(活)이다

활은 정(靜)이다.
땅바닥을 움켜쥔 발가락의 위엄
가슴은 비우고 턱끝을 죽머리에 묻어라.
팽팽하게 늘인 목덜미
만작 시 네 시위도 그러하리라.

활은 중(中)이다.
몸의 중심은 불거름에 둬라.
머리끝 발끝을 똑바로 세워라.
몸과 마음이 바로 서야 곧장 날아간다.

활은 동(動)이다.
물동이를 이듯 머리 위로 들어 올려
태산(泰山)을 밀고 호랑이 꼬리처럼 비틀어 펴라.
하삼지(下三指)로 밀고 뼈로 당겨라.

활은 통(痛)이다.
다리통에 힘을 주고 분문(糞門)을 조여라.
깍지손을 짓누르는 시위의 압박

과녁에 부딪힌 상사의
외마디 비명이 그 증거다.

활은 인(忍)이다.
중구미를 엎고 또 엎어라.
등죽지가 붙을 만큼 가슴을 펴라.

만작에서 더 버텨라. 버틴 후 젖혀서
저절로 살이 시위를 떠나게 하라.

활은 활(活)이다.
들숨과 날숨 사이
시위를 통해 탄생한 저 살은
헤엄치듯 날고 날듯이 내려앉는다.

* 죽머리: 활을 잡은 어깻죽지.

* 불거름: 방광의 바로 윗부분. 단전.

** 하삼지(下三指): 활을 쥔 손의 아래 세 손가락.

** 중구미: 팔꿈치.

깍지

한 생물[牛]이 죽어
부속마저 무생물이 되다.
깎이고 패여서
다시 다른 생물[人]의 일부가 되다.

한옥 처마끝을 닮아
휘어진 각도를 통해

튕겨져 나갈
시위를 그리며…….

활, 그 치명적인 유혹

어느 날,
활을 배운 후

뼈에 새기고
감성의 폐부를 찌르고
근육을 달구어 버린 활

활 때문에 울고 웃고
활로 죽고 살고

활이 위험한 이유는
날카로운 촉이나
가공할 속도가 아니라
그 치명적인 유혹에 있다.

당긴 만큼 강하게
버틴 만큼 은근하게
날아간 거리만큼 빠져들고
맞춘 만큼 멍이 든다.

오늘만큼은
절피를 질끈 동여매고 다시 겨냥한다.
목표는 언제나 사선(射線) 위에 있다.

활을 배우는 마음, 시를 쓰는 마음

30여 년 전, 인왕산 기슭 마을로 이사를 왔을 때만 해도 인왕산은 온전히 시민들만을 위한 산은 아니었다. 군사 시설로 인해 곳곳마다 출입이 제한되거나 통제되었다. 그나마 산책을 할 수 있는 오솔길마저 길을 잃을 만큼 숲이 무성하기도 했다. 때문에 인적이 드물었는데, 그 덕분에 산은 고스란히 산의 것이었다.

어느 봄날, 인왕산 산벚꽃을 따라 걷다가 평소 다니던 길에서 벗어나 아랫길로 접어들었다. 숲이 우거진 산중에 '황학정'이라는 커다란 돌비석이 나타났고, 옆의 철문은 녹슨 채 잠겨 있었다. 무엇을 하는 곳인지 주위를 두리번거리고 철문 안을 들여다보고는 했지만 도무지 알 수 없었다. 그러고는 인왕산과 황학정을 잊고 살았다.

얼마 후 인왕산 등산로가 개방되었다는 소식에 다시 인왕산을 찾았다. 스카이웨이 옆으로 난 산책길을 따라 올라가다가 "텅!", "텅!" 하는 소리를 들었다. 맑고 투명하게 공명해 멀리 퍼지는 소리였다. 소리를 따라가 보니, 몇몇 사람들이 활을 쏘고 있었다. 마침 노(老)궁사가 팽팽하게 활시위를 당기고 있었다. 이내 "촉!" 하는 날렵한 소리와 함께 시위를 떠난 화살이 높은 포물선을 그리며 날아서 과녁을 명중했다. "텅!" 하고 맑은 소리가 높은 하늘로 퍼졌다. 마음이 환해졌다.

구경하던 나는 곧장 활터로 내려갔다. 막 활을 쏘고 난 궁사에게 황학정과 활쏘기에 대해 이야기를 들었다.

'활을 배우자!'

그렇게 해서 황학정의 사원이 되었다.

정희동 접장(활터에서 궁사들끼리 부르는 칭호)을 활터에서 만난 지도 10여 년, 그의 언어는 항상 정확하고 명징했다. 어떤 문제를 해결해야 할 때, 그의 이성적 언어는 더 돋보였다. IT 관련 사업을 하는 터라 그런가 보다 짐작했다. 그런 그가 시를 썼다는 데 놀랐고, 세심한 관찰력과 감성적인 언어가 돋보이는 시를 읽고 더욱 놀라움을 금치 못했다. 사실 그가 어릴 적부터 책을 내고 싶어 할 만큼 문학에 뜻을 두고 있었다는 것은 알지 못했다.

　사람을 안다는 것은 늘 이렇다. 자신의 눈으로 보고 경험한 것에 사로잡혀 타인을 보고 판단하게 마련이다. 나이가 들어 그런 편견에서 벗어날 때도 되었으나 여전한 걸 보면, 사람은 변하기도 쉽지 않다는 걸 깨닫는다.

　80여 편의 시를 읽으며 미지의 정희동 접장과 만난다. 봄 햇살 아래 꽃 피고 새 우는 평범한 풍경에도 그는 감응한다. 계절의 변화와 눈길이 잘 가지 않는 사물 하나하나, 사람들의 작은 몸짓에서도 그는 시를 건져 올렸다. 활을 쏘는 마음, 활터 풍경, 활터 사람들, 활쏘기에 필요한 사물 등 그에게는 모든 것이 시재(詩材)가 된다.

　활을 배운 지 10여 년, 그동안 그가 활만 쏜 것이 아니라 자신만의 언어와 관점으로 활과 활터, 그리고 사람을 사랑했음을 그의 시를 통해 읽는다.

　활쏘기를 하면서 활과 관련된 많은 단어들을 접한다. 그중에서 가장 마음에 남는 말이 있다. 반구제기(反求諸己)이다. 『맹자』의 「공손추(公孫丑)」에 나오는 말로, 화살이 적중하지 않았을 때 자기에게서 그 원인을 찾는다는 뜻이다. 이 말을 처음 배우고 활쏘기의 매력에 빠졌다. 활을 쏘는 마음과 시를 쓰는 마음은 하나이다. 그 행위의 본질은 자신을 돌아보는 것이다. 이는 우리 삶의 가장 기본이라고 생각한다. 그것이 바탕이 되었을 때 활쏘기와 시 쓰기는 분명 우리를 새로운 경지로 데려다 놓을 것이다. 그런 의미에서 정희동 접장은 활을 쏘고 시를 쓰며, 분명 새로운 곳에 자신을 데려다 놓았을 것이라고 믿는다.

정희동 접장의 시집 출간에 축하를 보내며, 그의 시적 언어들이 활개를 펼칠 날들을 예감한다.

— 김 진(동화작가)

작가 후기

어린 시절, 문학 소년이었던 코흘리개 개구쟁이는 살면서 언젠가 꼭 한 번은 자기 이름으로 된 책을 내고 싶어 했습니다. 하지만 어릴 적에 가졌던 꿈을 실현시키며 살기에 세상은 그리 녹록지 않았습니다.

진해 해군 성당 너머에 전통 활터가 있어서였는지는 몰라도 국궁은 꼭 배우고 싶었습니다. 불혹의 나이에 종로 길거리에 붙은 국궁교실 사원 모집 플래카드를 보고 자석에 이끌리듯 발걸음이 멈춘 곳이 바로 활터 황학정이었습니다. 지난 12년 동안 수많은 에피소드와 영욕의 순간이 점철된 와중에 얻은 나름의 시상으로 마침내 다작(?)을 이루고야 말았습니다.

50대 가장으로 살면서 가족들을 챙기다 보니 자신을 위한 선물은 돌아볼 겨를이 없었는데, 어쩌면 이 책이 '나에게 주는 선물' 아닐까 하는 생각도 듭니다. 언젠가 주식이 좀 잘되면 정식으로 책을 출판하고 싶었는데, 이제 그 순간이 온 것 같습니다.

　　출판이나 시집에 대해 문외한인 저를 인도해 졸작으로 점철된 작품을 한 권의 책으로 탄생시켜 주신 '반달뜨는꽃섬' 이은선 대표님께 감사의 인사를 드립니다.

　　동호회 활동에 대해 많은 이해와 응원을 보내 준 아내 소영과 아들 선우에게 고마운 마음을 전합니다.

　　끝으로 언제나 제 인생에서 든든한 지지와 응원을 아끼지 않으신 인생의 멘토, 양평의 이상진 사장님, 삼척마린(주) 김진수 사장님과 (주)LX인터내셔날 구혁서 사장님께 감사의 인사를 드립니다. 감사합니다.

— 정희동

활, 그 치명적인 유혹

정희동 시집

인쇄 2026년 01월 01일

발행 2026년 01월 15일

발행인 이은선

발행처 반달뜨는 꽃섬 [서울시 송파구 삼전로 10길50, 203호]

연락처 010 2038 1112   E-MAIL itokntok@naver.com

ⓒ 정희동, 저작권 저자 소유

ISBN 979-11-91604-67-2   (03810)

이 책은 저작권법에 의해 보호를 받는 저작물이므로 무단 전재 및 복제를

금합니다